LA
PRIÈRE D'UN PROSCRIT.

PAR

EMILE DELAROCHE.

" Les hommes doivent s'aimer les uns les autres et se pardonner mutuellement leurs fautes.

" Je demande *pardon* pour *les fautes* que j'ai commises, du fond de mon cœur, et je déclare pardonner à ceux qui m'ont fait du mal.

" Dieu seul qui connait le fond des cœurs est notre juge."

(Dernières paroles de Sobrier.) — Siècle.

Londres:

1855.

LA

PRIÈRE D'UN PROSCRIT.

PAR

EMILE DELAROCHE.

"Les hommes doivent s'aimer les uns les autres et se pardonner mutuellement leurs fautes.

"Je demande *pardon* pour *les fautes* que j'ai commises, du fond de mon cœur, et je déclare pardonner à ceux qui m'ont fait du mal.

"Dieu seul qui connait le fond des cœurs est notre juge."

(Dernières paroles de Sobrier.) — Siècle.

Londres:

1855.

LA PRIÈRE D'UN PROSCRIT.

L'ʜᴇᴜʀᴇ dernière, un de nos frères proscrits, Ame républicaine et foi pure, acheva dans Paris une lutte pleine de larmes et de regrets. *Sobrier*, qui avait fait de sa vie un sacrifice, de sa sueur une barricade et de son sang la monnaie d'un principe, demanda à la France du soleil, à Dieu de l'inspiration et à la mort cette suprême intelligence qui nous fait douter des hommes et de nous mêmes, lorsque des dernières convulsions d'une dernière folie s'échappe l'éclair qui donne l'immortalité.

Brisé par l'exil, empoisonné par l'utopie, notre ami était sincèrement tombé dans les perfides vallées d'une politique absurde. Son génie égaré s'était éloigné des limites de la raison, et le poison circulant dans les veines, l'aliénation mentale avait comblé les vides du socialisme.

Sobrier se réveilla fou, mais patriote et chrétien, mais chrétien et français. De telles folies ne déshonorent personne.

On a pu calomnier le génie éteint dont on n'avait plus besoin ; on a pu accuser ses dernières paroles de démence, alors que, saines et vivantes, elles résumaient tout un passé de fautes et tout un aveu de remords ; mais ce que l'on ne saurait flétrir, c'est la main qui, à l'heure du danger, a serré la main de la France ; c'est le vœu national qui, a percé lés sombres mystères de la folie, pour bondir de patriotisme aux pieds de la Reine du monde ; C'est enfin l'âme éclairant une tombe de fou qui nous a dit sur le Calvaire, avec le Christ :

> Aimez-vous les uns les autres !
> Pardonnez-vous les uns aux autres !
> Dieu seul est juge.

Oui, Sobrier, oui, citoyen, c'est bien dit ! Et si l'enfant allaité par sa Mère, cherche dans une boue d'occasion le glaive parricide ; si son infâme hardiesse perce le sein qui l'a nourri et le patriotisme qui l'a fait grandir ; si cet enfant, main sale et cœur flétri, rampe aux pieds du Czar et de la Barbarie pour semer des discordes là où il faut de l'union et creuser l'assassinat là ou Paris veut la civilisation.... Que cet enfant cent fois plus fou que toi, ô mon frère, épuise la malédiction de tous les pays et de tous les hommes, à moins qu'épuisé comme toi, que fiévreux et débile comme ta faiblesse, il n'ait besoin d'un rayon de la France. La France le lui donnera généreux et entier, car elle est assez puissante pour mépriser ses ennemis, et assez grande pour leur ouvrir ses flancs lorsqu'elle les voit souffrir !

Sors de la tombe, Ame républicaine ! Levez-vous dans vos blancs linceuls, phalanges de Martyrs et de Héros, Civilisateurs du monde, Victimes du despotisme et de la Tyrannie ! Et pour nous aimer les uns les autres, et pour saluer ensemble le progrès, mesurons le champ de bataille en comptant nos morts ! Le sourire des cadavres nous inspirera !

Il est au nord un espace gigantesque et barbare, égoïste et perfide, hypocrite et absolu dans ses forteresses de glace, dans ses murailles d'hommes et sur ses pavés d'esclaves !

Cet espace mal gouverné et mal soumis, terre inculte et horde de vagabonds, accepte ou supporte la tutelle d'un démon. D'un Empereur, ma foi ! mais d'un Empereur de cette race empoisonnée qui présente le verre au Ministre avant de boire dans la coupe de la nation ! Princes ridicules et poltrons, Evêques fanatiques, Prêtres voleurs, Tyrans et Esclaves trempés dans la même boue, Rien n'y manque !

Les hommes servent de chevaux, les Femmes de marchepied ; les Enfans tracent sur le sabot du bœuf un sillon de charrue et le Peuple n'appartenant à personne, n'appartient qu'à celui qui le tue sous le bâton.

Cela n'est rien.

Que des créatures s'habituent à être fouettées, cela se rencontre tous les jours ; et qu'un tyran, qu'un despote, ours glacé de Sibérie, use sa lanière sur le dos de l'humanité, cela se rencontre plus souvent encore ; mais ce qui étonne, ce qui confond, c'est que l'ambition d'une telle race ne se borne pas à éreinter ses propres sujets, et que de volonté divine, on veuille crucifier les sujets d'autrui à la la barbe du Christ que l'on invoque et du Dieu que l'on adore !

La Pologne étranglée ; la Hongrie vendue et achetée...Trafic infâme ! Tout cela n'est rien encore pour des gueules si mal repues et si difficiles à édenter.

A de tels ogres il faut des morceaux entiers à dévorer. Satan sous l'habit de Dieu, ne se contente pas de si maigres papillottes.

Eh bien soit ! On armera des flottes, on équipera des armées, on reculera les bornes de la civilisation, on appellera les glaces du nord à son secours, et quand la religion aura menti par la bouche des Popes et quand les Popes auront menti au nom de Dieu...Moscou se réveillera incendié, mais barbare !...La Newa aura des abîmes et Sinope des lâchetés.

Tout cela conduira à Constantinople. Le Sultan, ce petit Sultan qui n'a tout au plus que les jarrets de l'ogre, chancellera sous, les trahisons de la Grèce et de la Perse. L'Autriche sera indecise et flottante, agaçante et muette...La Prusse !...Oh ! la divine parente ! Elle a les restes du pot au feu . On rêverait presque de France et d'Angleterre si cela en valait la peine. Mais à l'une on prendra les Indes et à l'autre on volera Paris.

Et pour de si douces satisfactions, pour de si belles réprésailles, espions à acheter ! Journaux à nourrir ! Républicains à entretenir de New York à Jersey et de Jersey à Pétersbourg !

Et pour cela, guerres civiles à créer ! Citoyens à armer les uns contre les autres, promesses à faire et sang à verser ! Or à semer et nations à flétrir!...On ne reculera devant aucun sacrifice...

Accourez, petits et grands, valets et seigneurs, dupes et fripons, républicains purs et républicains sales, élite des peuples et rebut des nations. Hâtez-vous, gens de lettres et avocats, avocats et docteurs, ouvriers de cœur et de lâcheté. L'entrée est libre ; les roubles se distribuent à la porte. C'est Nicolas qui bat la caisse, et c'est la caisse qui paye.

Voyez plutôt : *Homme, Réforme, Nation,* sont au centre ! Goffin, Labarre et Ribeyrolle trinquent aux premières à la dynastie des Romanoff. N'en doutez pas. Lisez et relisez leur programme copié sur le testament de Pierre-le-Grand. Ils soutiendront au nom de tous les proscrits cette noble et sainte cause que le grand Pope de Russe prétend être républicaine et orthodoxe.

Aimez-vous les uns les autres et pardonnez-vous mutuellement,

afin que l'on vous pardonne. Dieu seul est juge.

Mais voilà que le canon de l'Alma franchit la distance, et que les batailles de Balaklava et d'Inkermann gigantesques et sanglantes apprennent aux Russes qu'ils n'iront pas plus loin.

Mais voilà que Sébastopol ruiné, incendié, meurtri, ne grimace plus que dans ses foyers d'alarme et de mort. Mais voilà que la victoire prochaine porte l'étendard de deux flottes alliées, sur les murailles trouées de l'ennemi.

La résistance est opiniâtre, mais la baïonnette française est immortelle. Généraux et soldats, Dames d'Angleterre et Sœurs de Charité, tout donne son âme à Dieu et son sang à la civilisation. Les hommes tombent, mais les courages se multiplient. L'Autriche, long-temps indécise embrasse les puissances alliées.

La Prusse, effrayée et chancelante, s'insurgerait d'un seul bond si des intrigues de boudoir continuaient à la jeter aux pieds du Czar.

Partout les nobles drapeaux de la France et de l'Angleterre ! Partout des canons civilisateurs et des Héros !

Qui donc sous le rideau d'une solitude infâme, ose mentir à la France et à ses destinées?

Est-ce vous, Polonais, vous à qui la France a prêté ses foyers et son pain; vous que la France a édifiés dans l'honneur et dans l'estime publique? Est-ce bien vous, qui dans des pamphlets et dans des feuilles homicides, appelez le triomphe de la Russie sur nos armes, et l'humiliation des alliés devant l'œuvre de barbarie?

Hongrois—Louis Kossuth! ou plutôt, Hongrois! (Car une personalité fatiguée et flottante résume mal l'opinion nationale) Est-ce-vous qui voulez voir le Czar au sein de la France, et le Cosaque prostituant nos libertés et notre honneur!

Français exilés, républicains et frères d'armes, dupes et grands seigneurs, la misère ou la richesse nous auraient elle assez égarés pour nous dicter un pamphlet en faveur de Nicolas, et pour nous l'avoir fait diriger contre l'amour de la patrie?

.   .   .   .

Oh! que mes yeux pleurent des larmes de sang! Qu'un crêpe funèbre isole mes plaintes républicaines! Car c'est vous, ô mes frères, qui avez signé l'arrêt de mort de la France, et qui avez caché le poignard sous un manteau d'humanité. Vous nous avez dit: Asseyez-vous à notre banquet, au festin national! Et nous vous avons cru. Vous nous avez dit : Répondez à l'hospitalité par l'honneur. Et vous avez répondu à l'hospitalité des nations par la calomnie et la trahison, Par l'assassinat et par la honte. Vous nous avez dit: Voici la coupe du pays, buvez! Et nous avons bu de la lie empoisonnée

Puis, quand ivres et déchus nous avons chancelé devant vos ambitions, vous nous avez enfin crié: Bas le masque. L'épée hors du fourreau, et mort à la France.

Mort à la France!

Et ce sont des Français qui ont signé ces lignes monstrueuses.

Proscrits de toutes les nations, j'en appelle à votre conscience.

Si vous voulez le triomphe du Czar, lisez l'HOMME de *Jersey*, la NATION de *Bruxelles* et la RÉFORME de *Verviers*, Publications démagogiques, trois pendus au même gibet, au gibet de Barthélemy et de Baranelli ! ! ....

Si vous voulez le triomphe de la civilisation et le vrai progrès, apprenez de moi quels sont les ennemis de toute liberté, et les apôtres de Nicolas.

J'ai dit, la *Réforme*, la *Nation*, et *l'Homme* de *Jersey*. Je parlerai peu de la *Tribune* de Liège, et ne parlerai pas du tout des gazettes Allemandes dont l'heureuse fécondité fait de chaque mot une hyperbole, et de chaque ligne une calomnie.

La *Réforme*, exécrable pamphlet qui ose se dire républicain, naquit un jour d'une ironie désespérée et d'un égoïsme misanthrope.

Repoussé d'un collége innocent qui ne voulait par confier la pureté de ses disciples à l'hypocrite exaltation d'un si perfide instituteur, certain haut personnage, nommé Goffin, je crois, dèversa toute sa haine scholaire sur un papier fièvreux, couvert de fiel et d'ombre, mal écrit et mal famé.

Rien n'est plus facile pour détourner la colère des peuples que de s'ériger en réformateur, que d'élever sa muse sur le piédestal d'une Bible sacrée et que de se dire, *Coram Populo*, ambassadeur de Jésus Christ.

Il ne faut pour cela qu'endosser l'uniforme républicain, que choisir une cité ouvrière pour théâtre, et qu'insulter hardiment aux personalités les plus honorables afin de fomenter le scandale et la guerre civile—afin qu'au jour du dimanche, ce jour de recueillement et de prière, le poison nourrissant la famille, écarte chacun de son devoir, apprenne aux uns, l'oubli du travail et de l'église, aux autres la haine du prochain et de Dieu, à ceux-ci, l'utopie, à ceux-là la vraie tyrannie qui consiste à marcher de pair avec le bourreau, sur le dos d'une loi imaginaire.

Et pour tout cela on peut appeler son journal la *Réforme ;* son aveuglement, la lumière ; sa folie, la raison, son esclavage spirituel, la liberté ; et son hypocrisie, la vertu.

Et pour tout cela, on sait barbouiller la toile avec une ombre de socialisme, avec un semblant de patriotisme et d'humanité. L'esquisse se vend à la porte et conduit au conseil municipal, quand elle ne conduit pas aux galéres.

Mais ce n'est pas assez de verser quotidiennement un poison domestique sur son brevet d'imprimeur; il faut encore, pour développer l'action, crier un peu *aux Jésuites*, Beaucoup au *Gouvernement !* et de guerre las, fatiguer les frontières qui ne veulent pas payer la réclame.

La France est si grande, si riche et si belle !...C'est l'idole des hommes de cœur et l'idéal du patriotisme. Comment, journaliste et garde national, M. Goffin ne lui cracherait-il pas au visage ?...De Verviers à Sarrelouis la route est courte. Verviers est Belgique; mais Sarrelouis est Prusse. Quand on a si bien servi une cause pour jeter le gant aux nations civilisées et appeler les cosaques à Paris, on a sans doute les jambes longues, et les traites sur la banque de la barbarie sont tout aussi acceptables que celles sur le mépris public.

Le pamphlet peut ensuite impunément bondir sur le ventre d'une élastique opinion. Il peut aussi impunément vomir aux pieds des nations occidentales.

De tels monstres deviennent illustres et meurent immortels ! Leur queue a des anneaux dans toutes les parties du monde, et chaque anneau, tissu de honte ou d'infamie, a du poison pour tous les cœurs honnêtes.

Heureusement, bien heureusement ! Dieu a mis au sein des cités ouvrières assez de bon sens pour leur faire détester de parcilles créatures et au cœur de la France assez de grandeur d'âme pour ne pas laisser répondre à de_pareilles attaques.

Qu'un Goffin s'occupe d'une roulette de Spa et d'un M. Davelouis. Passe encore ! Mais qu'une si frêle organisation s'érige en héros républicain pour insulter à la France, cela ne se comprend pas; et la liberté de la presse dans de telles conditions est plus condamnable que tout un systéme d'énergique répression.

Liège, joyeuse abeille assise sur les bords de la Meuse, les serpents changent aussi ton miel et les avortons, tes amours. Des avocats sans cause, des batteleurs littéraires jettent aussi le cri du cosaque dans tes échos et son sanglant poignard au cœur de ton hospitalité. La conspiration incessante et masquée, bâtarde et russe, rôde aussi sur tes bords. Elle étouffe le bruit de tes usines, la flamme de tes fourneaux, la respiration de tes poumons et l'activité de tes richesses ; mais ton expérience assurée sait maintenant que la France soutient les provinces au lieu de les piller, et déjà ton âme sublime vole au ciel de Paris pour protester et pour vivre.

O Liège ! Tu as donné tes mamelles à la proscription française, et elle a généreusement salué ton drapeau. Pourquoi donc ton amour a-t-il de la haine et ta coupe du poison ? Pourquoi donc l'avocat Dejaer date-ty-il sa *Tribune* de Moscou et ton âme de St. Petersbourg.

Pourquoi ? Demandez le à la *Nation* Belge. Elle vous répondra avec M. Louis Labarre par la bouche de M. Etienne Arago.

Je donnerais dix ans de ma vie pour ne pas irriter l'opinion publique devant un nom aussi respectable et aussi scientifique ; mais la France doit compter ses ennemis égarés ou sincères ! C'est au patriote de les démasquer sans distinction, et si j'accomplis cette tâche avec douleur, j'ai du moins la consolation de l'accomplir *en vérité* pour mon pays !

La Nation dit à Léopold qui est protestant : Vous êtes un jésuite. Et le Roi supporte cela !... Aux ministres : Vous êtes des canailles !... Et les ministres approuvent !... Au peuple : Tu es socialiste !... Et le peuple de rire !... On ne s'appelle pas, comme vous le voyez, Labarre pour des mots et Etienne Arago pour des vaudevilles !

On sait d'ailleurs que les ministres sont plus que patients, que le peuple dort avec le Roi à Laeken et qu'un procès de presse ne tue jamais lorsque les armes législatives sont chargées aves du son !

Hurlons donc à notre aise, chers confrères ! et vivent les badauds !

Qu'importe si quelques bons coups d'éperon écornent la nationalité française ? Les faire sortir d'un talon français, voilà l'essentiel !

"Ainsi la *Nation* écrit à propos de sympathie et de fraternité :
" Les français mous et lâches reculent devant le canon de Sébas-
" topol. Leur armée est en déroute. Les Russes triomphent.
" Le père de famille hésite à confier son Enfant au chef de l'Etat.
" Chaque soldat est conséquemment traître à la France et à ses
" destinées. Les baïonettes du camp de Boulogne appellent la
" guerre civile comme les Républicains appellent le triomphe du
" Czar."

La *Nation*, journal de M. E. Arago et de M. Louis Labarre, ose écrire cela ! Y-a-t-il assez de mépris pour flétrir l'abonnement à de telles feuilles et à de telles phrases ?...Cet encouragement payé aux Russophiles et aux Entrepreneurs de lâchetés ?

Vous en avez menti, citoyens ! La France, Premier Peuple et première armée du monde est à cette heure sous les remparts ennemis, ne reculant que d'horreur devant vos infâmes calomnies et devant vos hyperboles démagogiques. Vous avez nié l'emprunt. Le Peuple toute entier vous répond par un vote de deux milliards et 198 millions. Sachez le bien, Le laboureur quitte la charrue l'artisan le métier, la mère le berceau de son enfant, et l'enfant la mamelle de sa mère pour voir le soleil d'Austerlitz, le canon de Marengo et l'incendie de St. Petersbourg. Pas un Père qui refuse son fi ls à l'armée, pas un Français qui refuse son cœur et son sang à la France !

Nous les voyons ces jeunes soldats s'immortaliser dans les souffrances, braver toutes les fatigues avec un héroïsme immortel ? Y-a-t'il donc un seul traitre, un seul suspect du camp de Boulogne dans cette pléïade de Patriotes et de Héros ?

Je le demande à l'Armée, au Drapeau ! Il n'y aura qu'un

immense cri d'indignation pour repousser vos accusations que le voile de l'anonyme peut seul faire retomber sur vos têtes !

Vous en appelez à l'armée ! Vous n'avez jamais été soldat, et l'armée ne vous connaît pas.

Vous en appelez au public ! Le public est sous une pluie de mitraille et vous, vous vous cachez sous une feuille de carton ! Osez sonder nos blessures avec des flèches empoisonnées et notre gloire, avec l'arme des pamphlétaires !

Osez mentir à nos triomphes et insulter à nos cadavres.

Appelez-en même au peuple Anglais pour le rendre victime des mêmes séductions et des mêmes erreurs......Devant nos rayons dont il partage la chaleur, Devant de telles souffrances que vous n'avez jamais subies, les Anglais s'inclinent et méprisent vos lâchetes, comme nous les méprisons nous-mêmes.

Un républicain vit de son âme et de sa conscience.

Vous n'êtes pas républicains, puisque sans conscience, vous vivez de la boue de toutes les nations.

J'arrive peniblement à *l'Homme* de Jersey, car rédigé par des Français, et émanant d'intelligences supérieures, il a pris à tâche de surpasser en invectives déhontées ce que la presse étrangère émet de plus anti-national. Fruit amer d'ambitions déçues, style désœuvré d'âmes égarées, il emprunte des sons à la démocratie européenne et des masques au parti républicain ; mais personne ne boit plus au courant de ces eaux empoisonnées, et chaque citoyen abusé, qui a bien pu communier avec ces apostasies de toutes les religions, recule maintenant, épouvanté, devant une coupe d'égoisme et de deuil, de trahison et de par-ricide !

Que sont-ils donc, ces trois ou quatre beaux esprits qui font couler le mépris du sein de l'hospitalité Anglaise, et qui flétris-sent leur mère patrie au nom du Congrès républicain ?

Savent-ils bien, ces chefs barbares, ces espions de la civilisa-tion, ce qu'ils ont de commun avec la vraie république et les vrais républicains ?

Et d'abord, qu'est-ce que la vraie république ? C'est la loi intelligente et humanitaire, progressive et nationale, faisant jouer ses ressorts dans l'intérêt de la chose publique, sous les doigts de tel ou de tel élu de la nation.

C'est la religion respectée et inviolable selon la liberté de conscience.

C'est la liberté de la presse aussi respectable et aussi inviolable, *lorsqu'elle n'attente pas aux sûretés de la chose publique ;* car, si république veut dire *Intérêt général*, et si la nation cherche son salut dans une élection d'intérêt général, c'est à l'Elu de la nation de réprimer, détouffer au besoin les écarts littéraires qui la deshonorent !

La république, c'est l'ordre dans la rue, et le progrès dans le gouvernement.

C'est le génie placé sur son piédestal, et les petites rivalités refoulées dans leurs bornes respectives.

C'est la famille écartée des foyers de discordes et maintenue dans le domaine de ses aïeux.

C'est le sentiment de l'humanité appliqué à l'inspiration divine.

C'est enfin le respect de la France généreusement debout dans les plis de son drapeau.

Qu'un gouvernement posé sur ces bases s'appelle capricieusement ou par convenance *Republique, Monarchie, Oligarchie ou Empire,* il n'en est pas moins profondément républicain, et le cités ouvrières n'auront qu'un cri pour le saluer, lorsque devant vos ateliers nationaux et vos barricades ambitieuses, elles avoueront joyeusement que le calme de l'atelier est préférable à l'intrigue des clubs, que le travailleur a l'étreinte plus hardie dans l'union que dans la guerre civile, et que toutes les utopies du monde, en un mot, ne valent pas un éclair de raison cueilli au sein du vrai patriotisme.

Qu'est-ce qu'un républicain ?

C'est l'homme qui sait obéir lorsqu'il n'a pas été créé pour commander.

C'est l'intelligence droite et honnête qui ne rêve ni d'échafaud, ni d'assassinat—mais de pain et de conscience !...

C'est l'ouvrier qui met l'épaule sous le pied de son frère, et qui l'élève au ciel de la nation pour lui donner des lauriers !...

C'est le soldat, qui combattant.glorieusement pour le peuple, crie en mourant : Vive la France !......

C'est encore cette gloire immortelle qui appuie quarante millions de bras dans le même mortier, pour le salut de la patrie, et qui leur fait piler, haut et ferme, pour refondre, vingt siècles de barbarie dans cet immense creuset de la plus pure civilisation.

Qu'est-ce qu'un républicain ?

C'est celui qui ne vend jamais son épée à l'ennemi, et sa plume à l'étranger.

C'est celui qui ne crée jamais d'embarras à son pays, lorsque le canon tonne contre ses armées.

C'est enfin celui qui, au jour du danger, fait généreusement abnégation de sa haine pour la sacrifier sur l'autel de la patrie, et qui, frère et citoyen, ne se cache jamais sous un rideau impopulaire, pour ne pas avoir à secourir ses frères exilés, ou à leur offrir le pain de la fraternité.

Vous appelez la république en France, et vous vous dites républicains. Etes-vous donc dans ces conditions, pamphlétaires trop illustres, et consciences trop élastiques ?

Sortez de vos antres mystérieux, de vos outres épaisses et de vos ténébreuses conspirations, Sortez, Ledru Rollin et Félix Pyat, Louis Blanc et Victor Hugo, Ribeyrolles et Bianqui, Considérant et Considéré, Hypolite Magen et Colfavru, etc., etc., etc.

Voue êtes tous journalistes, Messieurs, et il n'y a pas de dupes parmi vous, car vous avez tous sauté par la fenêtre du Conservatoire des arts et métiers.

Vous pouvez donc dater aussi courageusement votre *Homme de Jersey* et nous dire, par sa voix, quels sont les devoirs de l'humanité qui font arriver *par la susdite fenêtre* au gouvernement républicain.

Oh ! j'ai pu croire, comme tant d'autres, au desintéressement de ces ambitieux, au patriotisme aviné de ces sages ; mais le soleil s'est levé sur tant de mensonges, et leur profession de foi qui commande l'égoïsme et l'effusion de sang, me remplit d'une sainte horreur.

Un jour, J'errais dans HydePark, victime de ce fanatisme républicain qui nous a tous jetés en exil au ban de l'opinion publique. Je vis un homme, français et proscrit, se rouler de faim et de désespoir dans l'oubli d'une solitude glacée. Ses vêtements n'étaient plus que guenilles ; ses pieds saignants, sa figure bouleversée par la misère, ses larmes et la sueur froide d'une première folie, tout accusait en lui la souffrance et le plus grand abandon.

C'était, je le jure, un professeur de l'Université, fatalement incliné sur les utopies socialistes et fatalement brisé par leur irréligieuse hypocrisie.

Vous êtes français, Monsieur, me dit cet homme en m'abordant.

Certainement, mon ami.

Eh bien, alors, pouvez-vous me donner l'adresse du citoyen Ledru Rollin ?

Je le voudrais, répondis-je ; mais je ne le puis, en vérité ; Ledru Rollin a des garennes de lapin blanc, et n'ouvre sa porte qu'aux habits noirs. Ledru Rollin n'apparait aux badauds qu'à certaines heures inutiles et dans les attributs de la divinité. A moins que d'être demi-dieu, vous ne verrez Ledru Rollin qu'à Exeter-hall, où il a toujours soin de ne jamais laisser son adresse.

Mais, reprit cet homme avec d'étranges accents ; Il y a cinq ans j'étais au sein de ma famille et de l'instruction publique, heureux et vénéré, populaire et français. Des hommes sont venus, qui m'ont demandé au nom du peuple le sacrifice de ma popularité, et je la leur ai donnée ; le don de ma jeunesse et de ma science, je les leur ai offertes comme j'avais offert ma popularité.

Déçu, trompé par eux, fatalement banni, je les ai suivis en exil, cent fois plus malheureux et mille fois plus méprisé qu'eux pour mon innocente pauvreté ! Leur parole ne m'émeut plus ! Leur enthousiasme ne m'inspire plus ! Mais je ne puis croire qu'aprez avoir fait de moi un marche-pied, ces gens repousseraient mon agonie, s'ils la voyaient, nue et sanglante, exposer à leurs yeux les plaies qu'ils ont creusées et les abîmes qu'ils ont ouverts.

C'était un Dimanche, et il n'y a pas deux mois de cela. Je conduisis mon homme chez un imprimeur de Fleet-st, et obtins, prière sur prière, s'adresse de cet invisible Ledru Rollin que l'on ne voit qu'à Exeter Hall.

Ce grand citoyen demeure, 21, Norfolk road, St. John's Wood. J'écris ici son adresse pour toutes les dupes qui cherchent son cœur. Voilà donc ce pauvre professeur, affamé, fatigué, se trainant avec peine, qui fait trois lieues pour avoir une once de pain.

Il arrive, sonne. Ah ! ah ! ah ! La table était bien dressée et magnifiquement servie, ma foi ! Mais eût-on reconnu sous ces haillons poudreux l'intelligence usée que la misère avait mise à la charge de la folie ?

On daigna répondre par l'organe de la femme de chambre et du domestique, que sa majesté Ledru Rollin I.er prenait les bains à Baden-Baden.

A quoi le malheureux répondit qu'il avait bien faim. On lui conseilla alors de porter sa supplique à Baden-Baden ; après quoi on lui ferma gracieusement la barricade au nez.

Il y avait probablement du pain pour les chiens ; mais il n'y en avait pas pour ce républicain là.

Tels sont la foi démocratique, la solidarité fraternelle et le progrès, selon beaucoup de républicains !......

Il est bon d'aiouter que M. Ledru Rollin n'a jamais été

républicain, et que le comte Waleski le fut bien plus que lui dans cette circonstance, puisqu'il tendit génereusement la main à l'exilé, et lui offrit du pain sans même lui demander l'ombre d'une apostasie.

De tels exemples sont malheureusement rares et isolés. Félix Pyat a trop de plans à édifier, et Louis Blanc trop d'histoire à livrer pour répondre aux malheureux qui grelottent à la porte. Ribeyroles vous dira pour eux que les lits de paille de La Sociale sont assez bons pour les disciples; mais que les apôtres ne doivent conspirer que dans des lits bien moëlleux, dont le dessous inspire le dessus. Et comme le point de morale est essentiel dans de pareilles associations, on dresse des aréopages; que dis-je! des souterrains de S^te. Vehme, où on s'amuse à juger, au nom du socialisme, les badauds qui ont besoin de stimulant. Il est vrai que la justice y est si bien rendue, que la sténographie rapporte ce précieux specimen:

Le tribunal socialiste au prévenu:

Tu es accusé, citoyen, d'avoir volé les dessins de fabrique de ton patron, et d'avoir voulu te les approprier dans un but de spéculation personnelle. Quels sont tes moyens de défense?

Voix au centre:—Tous les patrons sont des usurpateurs (Trois salves d'applaudissements.)

Le prévenu:—Citoyens, la propriété, c'est le vol! J'ai dupé mon propriétaire et trompé la confiance de mon patron. Donc, il y a balance et parfait équilibre. Prouvez-moi le contraire, et osez renier Proudhon. (Tonnerre d'applaudissements.) Cinquante avocats se lèvent pour et contre.

Le tribunal eut encore assez de bon sens, dit-on, pour hausser les épaules; mais enfin le public n'en était pas moins le public de M. Pyat qui a, comme vous le savez, la prétention de pouvoir gouverner la France avec de pareils drames et de pareils acteurs.

Il est un nom que je serais heureux d'omettre dans cette pléiade de faux martyrs qui savent si bien insulter à la France et être les bourreaux de la république; mais le talent, si grand qu'il soit, ne fait pas excuser l'apostasie; et l'apostasie est d'autant plus criminelle qu'elle émane d'un génie plus éminemment supérieur.

Il ne s'agit pas ici d'avoir troqué l'épée de Louis Philippe, contre le sacerdoce du socialisme. Il ne s'agit pas ici d'avoir cloué au pilori republicain la grandeur déchue d'une royale famille dont on n'a pas même payé les bienfaits; il s'agit de savoir si Victor Hugo, cette grande ombre, a bien pu mêler son nom et son influence à l'aveu de pareilles créatures, alors que la poësie lui de offrait de si belles pages, et l'immortalité de si sublimes édifices.

Pourquoi, Victor Hugo, Poëte d'Hernani et de Ruy-Blas, des Rayons et des Ombres, de Notre-Dame de Paris et des Odes monarchiques, pourquoi Victor Hugo n'est-il plus inspiré? Et pourquoi de pamphlet en pamphlet, sa Muse tarie n'a-t-elle plus que des flots de sang à chanter, et que de pareilles tyrannies à subir? Pourquoi?......

Parceque l'appétit des ambitions démesurées conduit à l'abîme, et que l'abîme, fût-il bordé de cinquante utopies et de deux mille courtisans, n'en est pas pas moins la tombe des grandes pensées et la pierre sépulcrale des plus poétiques inspirations.

—Victor Hugo, grand prêtre et grand poëte! Ecoutez bien ceci: Il est mort à Londres, il y a quelques jours, sur la dalle froide et nue, l'enfant d'un socialiste proscrit, conduit par vous dans les désespoirs de Londres. Cette frêle tige n'était pas coupable d'erreur puisqu'elle datait à peine de quelques années.

L'enquête du Coroner a établi que ce pauvre enfant était mort de faim, d'inanition, et que le pére, républicain, mais squelette ambulant, n'avait reçu de votre comité qu'insouciance et qu'abandon; car si vous n'eussiez pas oublié ces malheureux, ce nouveau-né ne serait pas mort de faim sous vos yeux et sous votre nouveau drapeau.

Eh bien! Victor Hugo, il y a dix ans, vous avez reproché du

haut de la tribune, au peuple de Paris, d'avoir laissé mourir un homme de lettres d'inanition et de faim, précisément de la même maladie !

Je vous accuse au nom de tous les proscrits, d'avoir laissé mourir de faim ce pauvre petit être qui n'avait plus de patrie, alors que vous l'aviez arraché de son berceau pour le coucher sur un lit de souffrance et de mort.

Victor Hugo, sublime intelligence ! Pourquoi donc, non content d'exciter les ennemis de votre pays, conduisez-vous ce pauvre peuple au désespoir et à la tombe ?

Oh ! prenez-y bien garde ! Les génies comme le vôtre sont plus sévèrement jugés devant Dieu que de pâles esprits souffreteux et malades.

Les peuples n'ont pas de statues pour les poëtes qui dressent leur échafaud.

Vous vous dites républicains ! Et vous nous dites à nous, Parias sous vos ordres, d'être aussi républicains que vous ! Grand merci, ma foi !...

Nous ne signerons jamais *l'Homme*, pour avoir si peu d'humanité.

Mais *l'Homme ! l'Homme !* J'ai oublié de le définir !

Figurez-vous quatre pages mal composées et mal remplies, quatre feuilles russes à enthousiasmer les plus incrédules, quatre groupes incendiaires et traitres où l'on vous dit : La république, c'est *moi !* La loi—c'est *moi !* La chose publique—*c'est votre caisse !* Absolument comme Louis XIV écrivait avec une cravache sur le dos du Parlement : L'Etat, c'est *moi !*

Confiez donc les fonds publics à ces messieurs, vous aurez bientôt vu comme ils sont communistes.

On écrit encore sans réserves :

La religion est le culte inutile et abhorré, l'église doit faire place au club et le prêtre au bourreau.

Laliberté de conscience n'existera que dans le culte de notre programme, et comme nous avons beaucoup souffert, nous ferons beaucoup souffrir.

Ce n'est pas tout:

La liberté de la presse sera proclamée mais on guillotinera ceux qui écriront contre notre dictature.   Liberté universelle !...

Ecoutez encore !   Et ici je cite textuellement :

Ah ! la guerre sera sans trêve, implacable jusqu'au dernier sang, contre ces grands ennemis publics, quand nous aurons retrouvé nos armes, etc., etc..

Or, l'ennemi public, c'est le peuple, la famille, le clergé, le le gouvernement et la France toute entière. Rien que cela !— Heureusement que les armes égarées ne sont par faciles à retrouver, et que l'opinion publique fait l'ombre.......

Lisez encore dans ces lignes ignobles que la France a fléchi le genou devant un M. Soulé, ambassadeur excentrique des Etats-Unis.   Et vous aurez foi !.........

Lisez enfin que les pères de familles hésitent à envoyer leurs enfants en Orient, et vous saurez avec moi à quelle race appartiennent ceux qui ne veulent par les y envoyer.

Lisez encore qu'un soldat du camp de Boulogne invite ses frères d'armes à tourner avec la Russie leurs baïonnettes contre le sein de la France; puis, lorsque vous aurez tout lu, vous saurez enfin que le Czar menace Paris, que nos troupes ont un souffle de poitrinaire et que nos murailles sont aussi légéres que des feuilles de papier.

C'est *l'Homme* qui écrit cela.

Les Apôtres d'une telle humanité sont ils bien républicains et osent-ils bien se dire Français ?

Vienne Kossuth après de tels arguments, et il n'y a plus rien à répondre !

Car Kossuth vous donne aussi son affection, Parisiens, dans les termes suivants :

Polonais, Soyez préts a recevoir des secours de quelque côté qu'ils viennent ; mais prenez garde a la manière dont vous placerez votre confiance sur les Souverains.

C'est-à-dire, armez-vous pour votre indépendance et, quand vous l'aurez conquise, servez-vous des fusils que l'on vous aura donnés pour conduire Ledru Rollin à Paris.

Kossuth ajoute, il est vrai !

Avec nous, la Victoire !   Sans nous la défaite ou un armistice honteux !

Puis dans le même discours, la critique amère, fielleuse, saccadée, appelle Bomarsund une caserne de paille, l'expédition de la Baltique, une échauffourée inutile, la bataille de Alma un non-sens, nos généraux, des faquins, et nos soldats, des troupeaux d'innocents...

A peine dans ce jeu de mots, immodestes et usés, trouve-t-on une syllable pour le canon d'Inkermann et deux œillades pour le socialisme.

France, O ma belle France ! Serais-tu donc réduite à invoquer le secours d'une Pologne et d'une Hongrie que ton souffle ferait seul renaître ?

De telles flèches émousseraient elles ta force de Géant ? Et de si vaines paroles émanées d'un si grand charlatanisme empoisonneront-elles jamais ton existence ?

Non ! mille fois non ! car Kossuth Hongrois n'a rien à faire sous ton drapeau, et ton drapeau flotte en core, victorieux et tricolore sur les murs de Paris alors que le sien se promène ristement dans les allées de St. John's Wood.

Non ! mille fois non ! car de telles perfidies n'écorneront jamais ta nationalité et tu ne saurais avoir qu'un mépris souverain pour ces héros devenus assez fous pour s'empoisonner de leur propre dard et pour se suicider avec l'arme qu'ils ont aiguisée.

Est-ce assez, pour nos fidèles *instituteurs* d'avoir évoqué ces haines de l'étranger et ces divins mépris ?

Est-ce assez d'avoir élevé le pilori de la France sur la base joyeusement frénétique des conspirateurs *étrangers !*

Est-ce enfin assez d'avoir renié son drapeau pour le prostituer aux parjures, aux apostats et aux assassins de toutes les nations ?

Non ! ce n'est pas assez !.........Un pays positif et mûr, plein de doute, mais plein de religion, enveloppé d'egoïsme, mais pénétré de grandeur d'âme, a seul résisté à ces secousses révolutionnaires qui, dans le dernier âge ont cassé tous les jougs pour imposer le leur et ruiné toutes les familles pour assurer le pas de leur ambition.

Ce pays, heureux dans ses mines commerciales, sur sa Tamise qui échange la richesse des deux-Mondes, dans sa législation si savante et si libre, dans ses rapports avec la Royauté et dans ses affections populaires, a vu la république *de certains hommes*, traîner la Francé a la remorque des plus grandes utopies et *Ce Pays* a ri *politiquement* et de *bon cœur*, car il n'aimait pas encore la France et *l'odeur d'un cadavre sent toujours bon pour un ennemi !*

Ce pays a ensuite vu Louis Napoléon, oublié et incompris, gravir lentement les marches du trône et relever l'épée de St. Hélène.

Et il a encore ri...bien ri, vraiment ! Car il a cru que cet avènement ne serait que la fable d'un jour, que la botte était trop grande et le pied trop petit, que le sceptre était trop lourd et la main trop puérile !

Mais voilà que le génie de *l'Homme* se développe d'inspiration en inspiration jusqu'au sublime du patriotisme et de l'honneur !

Mais voilà que la fraternité s'assied avec lui sur le trône, que la paix, le commerce, la charité, l'amour des peuples grandissent sous son règne dans la pourpre des Césars.

Mais voilà que ce pays qui avait douté ne doute plus, qu'il consacre la loyauté d'un tel Gouvernement par la bouche de ses plus grands Ministres, de Ceux là même qui avaient été ses plus habiles adversaires !

Mais, voilà encore, qu'à l'heure du danger, l'Angleterre serre la main de la France, que les deux armées n'en font qu'une, que les pavillons s'embrassent et que les mêmes flottes vont dans les mêmes mers combattre pour la même Liberté !

Vous voyez donc bien qu'il faut que Messieurs les révolutionaires lancent des flèches empoisonnées au sein de cette heureuse alliance, qu'ils détachent du venin de leur noyau pour infecter l'une ou l'autre des deux alliées et que la défiance, habilement semée entre les nations assure à l'une, le prix de la trahison et à l'autre la honte d'un armistice !

Que fait-on pour cela ?...On cherche dans des tonneaux de gin ou de porter quelques noms d'Anglais égarés ou peu conciencieux. On les habille du manteau national et on leur fait signer une protestation toute française qui, paraphée sans avoir éte lue ou comprise, n'en est pas moins le *sublime* du style le plus odieux !

C'est vous qui avez signé *au nom du peuple* cette pièce remarquable, Harrisson, Chapman, Ernest Jones, Finlen, Taylor, Lombard, Leno, Potter, etc., etc. Je transmets vos noms à la postérité afin que l'Angleterre sache quels hôtes illustres elle méconnait, et que la France apprenne de moi que l'Angleterre a aussi ses rénégats, ennemis du Gouvernement et de la volonté nationale, poisons des peuples et brandons de guerres civiles !

J'écris donc avec vous, illustres citoyens !

" Une grande honte se prépare pour la nation Britannique,
"une des plus grandes qu'on puisse lui infliger : L'association
"avec l'infamie ; l'hommage rendu au crime triomphant. Louis
"Napoléon Bonaparte vient dans notre pays, hôte national de
"la royauté, pour y étre reçu, accueilli, honoré par le souverain
au nom du peuple. Permettrez-vous que le nom du peuple soit
"ainsi déshonoré. (*L'Homme* de Jersey, 22 Novembre, 1854.)

Et plus loin, du mépris pour *Le Times*, *Le Chronicle*, *Le Daily News*, *L'Advertiser*, tous ces organes supérieurs de la presse Anglaise, toutes ces voix d'un peuple honnête et travailleur, toutes ces initiales d'une nation dont ils portent si haut la pensée !

Puis, la protestation appelle des myriades d'insurgés dans les rues de Londres et leur ordonne d'y *faire tonner l'hymne de la Marseillaise.*

Enfin cet appel au peuple apporté de Jersey aux signataires se termine par l'invocation suivante.

" Hommes d'Angleterre !—Soyez à la hauteur des évènements !
" Ralliez-vous autour du comité ; ce n'est pas un mouvement de
" parti, c'est un appel à tous les amis du peuple. La Pologne
" s'agiterait dans ses fers, la Hongrie tressaillerait de joie,
" l'Italie se léverait, enthousiaste,..si elles apprenaient que les
" ouvriers d'Angleterre ont flétri le parjure et le meurtre
" couronnés, ont poussé de nouveau le cri de guerre de la
" république Française, et l'ont jeté à la face effrontée du tyran."

" Chaque homme a la garde de son honneur ; aussi chaque
" nation. Sauvez le vôtre, hommes d'Angleterre ! Qu'il ne
" soit pas vendu à l'iniquité victorieuse par vos privilégiés
" politiques. Que le monde sache bien que si Napoléon vient, il
" sera l'hôte de la Reine, non pas du peuple ; que si l'église prie
" pour lui, le peuple le maudit ! que si l'aristocratie le courtise,
" le peuple le méprise ; que si les usuriers trainent leur vil
" hommage sous ses pieds teints de sang il n'y a pas un honnête
" travailleur, un honnête artisan, en Angleterre, qui ne se crût
" infâme, s'il touchait sa main avec amitié ! " (L'homme de
" Jersey.)

Savent-ils bien ce qu'ils ont osé signer au nom du peuple, ces pauvres ouvriers égarés ou convaincus, ivres ou fous ?

Et savent-ils bien quelle responsabilité ils ont assumée sur eux-mêmes en signant une telle proclamation au nom du peuple Anglais ?

Non-seulement ils ont menti à l'opinion de l'Angleterre vis-à-vis de la France, mais encore ils ont insulté à leur gouvernement comme ils insultent à tout ce qui n'est pas leur autorité.

Ils se sont fait les apôtres du Czar dans une contrée ou

l'honorable M. Bright a eu les honneurs de la pendaison en effigie.

Pas d'épithète chez eux qui ne flétrisse Windsor, la Pairie, la magistrature, le clergé, la Presse !

On n'a tant vomi sur Paris que pour traîner plus impunement ces pouvoirs dans la bave révolutionnaire !

Puis on a défié la France de se faire représenter à Windsor, et on a menacé d'assassinat au nom du Czar et du Peuple Anglais l'élu national qui oserait franchir, sur un signe affectueux de la Reine, les portes de Buckingham Palace. Il est vrai que l'assassinat est à la mode, que les démagogues de toutes les nations s'exercent quotidiennement à poignarder le sein de l'hospitalité Anglaise, et que le Shériff verse des larmes de sang sur les gibets qu'il est forcé de faire dresser devant New-gate. Telles sont les conséquences et la fin inévitable d'un premier entrainement dans les idées démagogiques couronnées par une dernière infamie.

Est-ce donc toi qui fêtes de pareils crimes et qui signes les lignes infâmes que l'on publie en ton nom, Peuple Anglais ?

Est-ce bien Toi, qui fraternel et convaincu, te lèves maintenant devant notre chant national et salues nos armes comme nous saluons les tiennes.

Est-ce bien Toi qui donnes si généreusement l'hospitalité à nos soldats et les convies si cordialement au banquet de tes frères d'armes ?

Est-ce bien Toi, qui sèmes les morts dans nos sillons et romps avec nous le pain des batailles ?

Est-ce bien Toi, qui donnes des fils à nos drapeaux comme nous donnons du sang à ta gloire ?

Est-ce bien Toi qui appelles la république en France, l'assassinat sur les marches de Windsor et la révolution en Angleterre ?

Est-ce bien en ton nom que ces misérables osent signer un pacte de meurtre et de trahison ?

Lève-toi Peuple hospitalier, Peuple libre !...Et Peuple frère !

Viens dire d'une seule voix à ces bâtards désœuvrés qu'ils ont menti et que tu renies leurs impostures, comme tu les renies eux-mêmes !

Crie leur bien haut que tu salueras respectueusement la France lorsqu'elle viendra loyalement sur tes bords, presser la main de ta Souveraine ; et que, sentinelle vigilante, tuveilleras sur le poignard des assassins et sur la vie de tes Hôtes !

Car une révolution payée par Nicholas, serait à cette heure la tombe de tes héros et des nôtres ! Car le même glaive tuerait nos deux nationalités.

Car enfin, lorsque l'élu de la nation traversera tes masses sympathiques pour t'apporter des paroles d'affection et d'honneur, tu n'auras que des hurrahs pour lui répondre, dûssent tes millions de bras étouffer avec horreur ces têtes de serpents qui ne sifflent que le poison et la mort !

Républicains honnêtes et consciencieux, frères qui faites du fond de l'exil des vœux pour le triomphe de nos armes et qui n'avez pas de calomnies contre la France, lorsque la France est sur le champ de bataille,

Amis qui avez fait de votre vie une conviction et de cette conviction de l'honneur, ce n'est pas contre vous que j'écris ces lignes, car vos retraites pénibles, mais honorées n'ont jamais eu de ces improvisations fastueuses qui portent le deuil au sein de la patrie.

Vous avez vu vos femmes épuisées mourir de faim et de désespoir, vos enfants étioles se coucher dans la tombe de leur mère, et vous n'avez insulté ni à la France ni à ses volontés !

C'est que vous savez avec moi que la république si belle, si pure, si grave et si vertueuse, est incompatible avec l'esprit français de ce siècle ; et qu'une république dans la main de nos prétendus républicains, fût-elle l'inspiration de Dieu lui-même, serait bientôt dégénérée en abattoir ou en illicite exploitation !

Eh bien ; ô mes frères ! puisque tant de douleurs, tant de souffrances n'ont pu altérer votre foi nationale et votre patriotisme, puisque dans vos privations de chaque jour, vous n'avez pas trouvé une goutte de fiel pour votre pays, et pas un outrage pour le village où vous êtes né, venez avec moi embrasser la noble figure de votre frère qui meurt en criant, Vive la France !... où combattre avec lui de cœur et d'âme, lorsque son souvenir isolé vous tend les bras des rives de l'Orient !

Mort, nous lui devons nos baisers !

Vivant, nous l'armerons pour le combat !

Il n'est pas un de nous dont la France n'ait appelé le frère, le fils ou les neveux dans ses champs de gloire et de civilisation. Ne maudissons pas ceux qui combattent pour leur chaumière, pour la tombe des aïeux, pour le salut de la famille et l'honneur de la nation. De tels hommes sont des héros, et une heure d'un si sublime dévouement peut racheter toute une vie de crimes.

Venez avec moi, venez avec moi, O mes frères! sur la dalle funèbre de Sobrier; et dans ces tourbillons qui menacent la patrie, disons avec lui, la main sur notre cœur et le pied sur son Calvaire :

Au jour du combat, les opinions s'effacent et la patrie ne compte plus que des soldats.

Un seul drapeau pour vaincre !

Un seul cœur pour mourir !

Aimons nous les uns aux autres !

Pardonnons nous les uns aux autres !

Dieu seul est Juge !..............

La France aura des larmes pour pleurer notre exil, des vœux pour nous appeler sur son sein et assez d'honneur pour respecter nos convictions les plus honorables.

Nous aussi, nous dirons avec la Grande âme de Lamartine : La patrie est comme la Divinité ! Nous lui devons tout.

Elle ne nous doit rien !

FIN.